Don de
Donated by

Elisabeth,
Catherine +
Francis Belzile
Bonne Lecture

Date : 06 NOV. 2003

Les Éditions du Boréal remercient le Conseil des Arts du Canada
ainsi que le ministère du Patrimoine et la SODEC
pour leur soutien financier.

Les Éditions du Boréal bénéficient également du Programme
de crédit d'impôt pour l'édition de livres du gouvernement du Québec.

Diffusion au Canada : Dimedia
Distribution et diffusion en Europe : Les Éditions du Seuil

Une première version de ce texte est parue dans le nᵒ 122
de la revue *J'aime lire* (octobre 1999) sous le titre
« Le monstre de l'Halloween ».

Données de catalogage avant publication (Canada)
    Sarfati, Sonia
    Un rat-garou dans la nuit
    (Boréal Maboul)
    (Laurie l'intrépide ; 4)
    Pour enfants de 6 à 8 ans.
    ISBN 2-7646-0264-2

    I. Goldstyn, Jacques. II. Titre. III. Collection. IV. Collection : Sar-
fati, Sonia. Laurie l'intrépide ; 4.

PS8587.A376R37   2003   jC843'.54   C2003-941491-4
PS9587.A376R37   2003

Laurie l'intrépide

Un rat-garou dans la nuit

texte de Sonia Sarfati
illustrations de Jacques Goldstyn

Boréal Maboul

I

Un ennemi dans le dos

Saint-Rigodon est le village le plus étrange de la planète. Il n'y a pas de fantômes aux fenêtres, pas de citrouilles près des portes, pas de pendus aux balcons, pas de toiles d'araignées sous les portiques. Pourtant, aujourd'hui, c'est l'Halloween ! Un tel manque de savoir-vivre est inexcusable, non ?

Conclusion : je regrette drôlement de devoir passer le week-end ici, chez mon arrière-grand-mère. Dire que je me réjouissais à l'idée de ces quelques jours en sa compagnie ! Après tout, je ne l'avais pas vue depuis…

depuis… En fait, je ne l'avais jamais rencontrée. Bien avant ma naissance, elle avait bouclé ses valises et était partie faire le tour du monde à pied. Le tour du monde en 80 ans, quoi !

Depuis son retour, elle vit dans la maison de son enfance, à Saint-Rigolons-Pas. C'est le surnom que je donne à son village depuis exactement trois minutes et douze secondes. Et, déjà, ça me semble une éternité !

— Je me demande pourquoi j'ai apporté mon déguisement de sorcière ! Personne ne célèbre l'Halloween dans ce village ?

Grannie fait un petit sourire triste.

— Non. Ceux qui tiennent à la tradition vont dans les villages voisins. Et ils sont nombreux à le faire. Mais à Saint-Rigodon même, seuls les braves et les fous passent l'Halloween. C'est à cause du monstre.

— Le monstre ? Quel monstre ?

Je m'étrangle presque en m'exclamant. Comme quoi, je n'ai pas besoin d'aide pour m'assassiner ! Enfin, c'est une manière de parler. Reste que, soudain, Saint-Rigodon me semble plus intéressant, moins ennuyant. Parce que tout le monde sait que les monstres, ça n'existe pas. Mais moi, Laurie Brébeuf, je sais que tout le monde se trompe.

Sauf que mon arrière-grand-mère refuse de m'en dire plus. La seule chose qui franchit ses lèvres est un conseil que j'aurais préféré ne pas entendre. Elle me suggère fortement de ne pas mettre le nez dehors ce soir. Et ça, il n'en est pas question.

Il n'y a qu'une Halloween par année, je ne vais pas lui faire faux bond… quitte à bon-

dir de terreur à cause du monstre de Saint-Rigodon. J'enfile donc mon déguisement, verrues sur le nez et poils dans les narines compris. Et je sors, du courage plein le cœur.

Sauf que ce courage se met bientôt à fondre comme si mon cœur était en chocolat.

Les rues sont plus désertes qu'une salle de cinéma qui présenterait un film chinois sous-titré en turc. Les trottoirs sont aussi vides que la tête d'un gars amoureux. Les lampadaires émettent une lumière si pâlotte qu'on aurait envie de leur donner des vitamines-soleil.

Et le pire du pire, c'est que je n'ai pas parcouru cent mètres que des pas résonnent derrière moi ! Mon cœur en chocolat fondu se transforme en milk-shake au chocolat tant j'ai peur.

Je sais, je pourrais m'arrêter, me retourner, faire face à l'ennemi. Mais, honnêtement, je n'ai plus envie de l'affronter. Eh ! Grannie redoute ce monstre au point de se terrer chez elle pour l'Halloween. Pourtant, elle n'a pas craint de faire le tour de la planète à pied.

Alors moi, petite Laurie de rien du tout, j'ai bien le droit de m'inquiéter de la présence de cette créature sur mes talons, non ?

Parce que c'est là qu'est rendu mon pour-suivant. J'ai beau accélérer, je ne parviens pas à le distancer. Je sens son odeur animale, de plus en plus forte. Je sens son haleine nauséabonde, de plus en plus forte. Je sens… horreur ! Une main se pose sur mon épaule !

Je crie en tentant de me dégager. La main se fait plus lourde et ses doigts me serrent plus fort encore. L'ennemi m'oblige ainsi à me retourner. Et là… un hurlement fou s'échappe de ma gorge.

Un horrible monstre se dresse devant moi.

Il est vêtu d'une longue tunique de toile. Sous ce vêtement, des… choses bougent sans arrêt. Une bosse apparaît sur son épaule. Un trou se creuse près de son estomac. Mais ce n'est pas le pire. Un capuchon recouvre la tête du monstre, m'empêchant de bien voir son visage.

Je distingue toutefois ses yeux. Ils sont rouges. Et ils sont douze !

2

Une voix dans la tête

Je devrais me sauver. Mais je ne peux pas. Deux yeux, les plus rouges des douze, me regardent fixement, m'hypnotisent, m'interdisent de bouger. Mes pieds me semblent coulés dans le béton. Mes jambes pèsent une tonne chacune. Quant à ma langue, j'ai l'impression qu'elle a doublé de volume. Pas facile pour parler, ça !

— Quoi… Qui… Qui es-tu ? Que…

Ma tentative de m'exprimer n'impressionne pas la créature qui me fait face. Un éclair mauvais traverse seulement le regard

rouge, qui plonge plus profondément dans le mien. Immédiatement, une douleur fulgurante traverse mon crâne. Comme si quelque chose tentait de pénétrer dans mon cerveau.

Ce qui, en fait, est bel et bien le cas : une voix grinçante s'élève à présent dans ma tête.

— Je ne te ferai pas de mal. J'ai trop besoin de toi.

Un énorme rat aux yeux de feu sort alors du capuchon et s'installe sur l'épaule du monstre. En se déplaçant, il fait glisser le capuchon. La toile brune dévoile quatre autres rats, serrés autour de la tête d'une créature à moitié humaine, à moitié animale. Un genre de… de rat-garou !

Sur son épaule, le rat aux yeux très rouges lisse ses moustaches. Puis, sa voix entre de nouveau sous mon crâne.

— Appelle-moi Maître rat. Et voici celui que les humains appellent le monstre de l'Halloween.

Le rat-garou répète, d'une voix qui ressemble à celle de Frankenstein :

— Le monstre de l'Halloween…

J'ouvre la bouche pour… je ne sais pas, moi ! Pour appeler à l'aide, pour le supplier de me laisser partir ou… ou pour me présenter.

Je ne sais plus. Et ça n'a aucune importance : ma propre langue est devenue pour moi une langue étrangère. Il m'est impossible de prononcer un mot, car mon esprit est toujours sous le contrôle du Maître rat.

Ce qui ne veut pas dire que nous n'échangeons pas d'information, tous les deux. Oh, non ! À sa manière, l'animal est drôlement bavard. Ses yeux, toujours plus rouges, enflamment ma cervelle où résonnent maintenant des mots… et des images.

Vrai ! On dirait que j'ai un ciné-parc sous le crâne et qu'un film d'horreur est projeté sur mon cerveau !

Ce film-là commence à l'Halloween. Pas celle-ci, si je me fie à la manière dont les gens sont habillés, mais une Halloween d'il y a des

dizaines d'années. Je vois des enfants et leurs parents en train de trier les sucreries rapportées à la maison. Ils jettent les bonbons cassés, les chocolats fondus, les caramels trop durs.

Des milliers de friandises se retrouvent ainsi au dépotoir. Pour le plus grand bonheur des rats qui se précipitent dessus et s'en régalent.

— Cela était merveilleux pour mon peuple, fait la voix du Maître rat dans ma tête. Merveilleux pour tous… sauf pour les bébés encore nourris par leurs mères.

Je vois alors de minuscules ratons en train de grignoter avec joie des bonbons. Mais peu

à peu, ils changent de couleur et prennent celle de la friandise qu'ils ont mangée. Le Maître rat appelle cela le « mauvais sort ».

Moi, je trouve ça plutôt joli, des ratons verts, ou blancs à rayures rouges. Pourquoi y voir un « mauvais sort » ? Ils sont racistes, les rats ? Non.

— Après avoir changé de pelage, poursuit le Maître rat, nos enfants deviennent incapables d'avaler autre chose que des bonbons.

Les images qui défilent dans ma tête me montrent à ce moment-là des ratons bleus, rouge cerise ou lilas, essayant de manger des brocolis ramollis et des tranches de pain dur. Mais ils n'y parviennent pas. Et, comme les bonbons sont rares au dépotoir après l'Halloween, les petits rats meurent de faim.

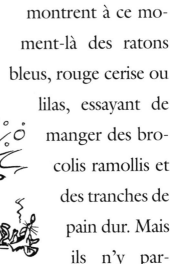

3

Le secret du rat-garou

Je dois être honnête : la mort des bébés rats ne m'attriste pas beaucoup. Tout le monde déteste les rats et, pour une fois, je suis en accord avec tout le monde. Sauf que ce n'est sûrement pas ce que le Maître rat espère que je lui dirais… s'il me laisse parler un jour ! C'est dans cet espoir que…

— Mmmm ! Mmm-mmm… Mmm ?

Pas de réaction. Je reprends donc :

— Mmm-MMM-MMMMM !

Une grimace tord la gueule du Maître rat, découvrant ses dents pointues. Ce doit être

un sourire… puisqu'il me fait un clin d'œil. Et que je retrouve par magie la faculté de parler. Mais pas celle de bouger. Je le sais : j'ai essayé immédiatement.

— Mais vous n'avez qu'à empêcher vos bébés de manger des bonbons ! Le problème sera réglé !

À voir la tête de l'animal, je crois que j'aurais mieux fait de tourner ma langue dans ma bouche sept fois avant de parler.

— Ce que nous attendons de toi, c'est que tu dises aux Rigodonois de ne plus utiliser le dépotoir comme… dépotoir à bonbons. Qu'ils aillent se débarasser ailleurs des friandises cassées ou mal emballées que leurs enfants ont récoltées ici et, surtout, dans les villages voisins ! Parce que les ratons sont comme tous les jeunes : quand ils veulent vraiment quelque chose, ils désobéissent à leurs parents.

Je n'apprécie pas la comparaison, mais le moment n'est pas bien choisi pour le dire au Maître rat. Il m'étudie, d'un air méchant, avant de faire encore entendre sa voix sous mon crâne.

— Et je vais te donner une bonne raison de nous aider. Tu vois le monstre de l'Halloween…

Il commence à m'énerver, celui-là.

— Le rat-garou ? Je ne vois que lui, dis-je sèchement.

— Bien. Très bien. Si tu ne fais pas preuve de plus de compréhension envers notre cause, c'est sa tête que tu verras, chaque matin, quand tu regarderas dans un miroir.

J'ai dû rater quelque chose, là. J'avoue, je

ne comprends pas. Il radote, le Maître rat ?
Non. Il raconte.

— Le rat-garou, comme tu dis, était autre-
fois un être humain, laisse-t-il tomber.

Sa voix est si glaciale, dans ma tête, que j'ai
l'impression que ma cervelle s'est transformée
en sorbet.

— Un être humain… répète le rat-garou
de sa voix de mort-vivant.

La glaciation se propage soudain tout le long de ma colonne vertébrale, tandis qu'un frisson d'horreur me secoue de pied en cap.

Là-dessus, un nouvel incendie reprend sous mon crâne. Décidément, avec tous ces chauds et froids, je vais attraper le rhume ! En attendant, le film reprend dans ma tête. Il ne me manque que le pop-corn. Passons…

Je vois des rats qui entourent un garçon déguisé en pirate. Puis, le Maître rat lui demande d'alerter les Rigodonois. Ils ne doivent plus jeter de bonbons au dépotoir, sinon les ratons vont mourir.

Je vois le garçon qui accepte la mission. Les rats, satisfaits, s'écartent et le laissent partir. Mais au lieu de tenir sa promesse, le garçon court de maison en maison. Pas pour quêter des friandises ! Non ! Il hurle plutôt qu'il faut tuer au plus vite les rats de Saint-Rigodon.

Les mots du Maître rat résonnent alors si fort dans ma tête qu'ils me font mal :

— Le garçon nous a trahis. À cause de cela, il est devenu rat-garou. Veux-tu qu'il t'arrive la même chose ?

4

Le rat sort du sac

Quelle question ! Bien sûr, mon rêve est de devenir un rat !

Enfin, oui… quand j'étais petite et que j'ai vu le ballet *Casse-Noisette,* j'ai souhaité devenir un petit rat sous les projecteurs. Mais ça n'a duré qu'une heure. Et puis, j'aime tellement lire que je n'ai rien contre le fait d'être appelée rat de bibliothèque.

Mais être un vrai rat et vivre dans les égouts à plein temps ?

— Jamais !

— Ce garçon non plus ne voulait pas devenir un rat, continue le Maître rat en m'expédiant dans la tête l'image du jeune pirate. Un jour, il m'a promis de m'aider si je lui rendais son apparence humaine. Mais cela m'était impossible. Rat-garou un jour, rat-garou toujours ! Il l'accepte d'ailleurs très bien, aujourd'hui.

— Rat-garou… Ha, ha, hou ! fait la créature d'une voix plate.

Je découvre ainsi comment le monstre de l'Halloween est apparu à Saint-Rigodon. Un monstre dont les Rigodonois entendent parler dès leur enfance et dont ils ont terriblement peur. Si peur que les enfants qui décident quand même de passer l'Halloween au village le font en gros groupes.

En d'autres temps, précise le Maître rat, les

Rigodonois ne risquent rien : le rat-garou dort toute l'année. Il ne s'éveille que pour la nuit de l'Halloween. Mais comme, cette nuit-là, plus personne ne sort seul, il n'a jamais pu faire de prisonniers.

— Il y a longtemps que nous attendions quelqu'un comme toi… grince le Maître rat en se dressant sur ses pattes de derrière avant de conclure. Une personne assez inconsciente pour aller seule dans nos rues, par une soirée d'Halloween. Une personne qui serait l'Élue.

L'Élue ? Bizarre. Dans les films, quand ce mot est prononcé, c'est avec grand respect. Mais il n'y a rien de cela dans le ton du Maître rat. Je n'y entends que de la menace.

— Maintenant que tu connais notre histoire, tu vas nous aider. Sinon, vois ce qui t'attend, susurre la voix sous mon crâne tandis que le Maître rat tapote d'une patte l'épaule du rat-garou.

Oh, non ! Je ne veux pas devenir comme lui ! Je n'ai donc pas le choix. Je promets au Maître rat de faire tout ce que je pourrai pour lui venir en aide. Satisfait, il détourne enfin son regard du mien.

À l'instant où le contact visuel est rompu, je recouvre l'usage de mes membres. Mais je n'ose encore partir.

— Je… je…

Je tente de savoir ce que je vais avoir au juste à faire. Sauf que le Maître rat semble ne plus rien avoir à me dire, lui. Il mordille l'épaule du rat-garou qui, du coup, rabat sa capuche sur sa tête. Sur ce, le monstre de

l'Halloween me tourne le dos et s'éloigne d'un pas lourd et lent.

— Et je fais quoi, moi ?

— Tu ne nous oublies surtout pas. Parce que nous, nous ne t'oublierons pas.

J'ignore si le Maître rat a vraiment prononcé cette menace ou si c'est moi qui lui prête ces mots… mais ils m'accompagnent jusque chez Grannie.

Elle m'attendait, ma chère arrière-grand-mère. Le soulagement se lit sur son visage tandis que je cours vers elle. Elle ouvre ses bras pour me recevoir contre son cœur. En les refermant sur moi, elle fait tomber mon chapeau de sorcière.

— Le monstre… souffle-t-elle alors.

Par quelle magie a-t-elle deviné ? Ce n'est pas écrit sur mon visage ! À moins que… Troublée, je cours me regarder dans le miroir.

34

Horreur ! Mes cheveux sont dressés sur ma tête ! Pas comme dans l'expression « j'ai senti mes cheveux se dresser sur ma tête » qu'on lit tout le temps dans les livres. Non ! Là, ils sont vraiment… bien dressés sur ma tête. Comme si j'avais utilisé un pot de gel au complet pour me déguiser en punk ou en reine de beauté au saut du lit.

Heureusement, Grannie se reprend et me rassure :

— Ne t'inquiète pas, Laurie, ça va passer dans quelques heures.

— Comment peux-tu en être sûre ? fais-je, les yeux pleins d'espoir.

L'angoisse s'inscrit sur la figure de mon aïeule. Et je devine tout…

— Tu as rencontré le monstre, toi aussi !

— C'était il y a longtemps. Et j'ai eu si peur ! répond Grannie en hochant la tête.

Mais elle avait eu le temps de se sauver avant que le Maître rat ne se dévoile. Elle ignore donc tout du véritable drame que cache le monstre de l'Halloween.

À moi de lui raconter ce que j'ai découvert ce soir. De lui parler des bébés rats qui meurent de faim et du rat-garou. Puis, je murmure :

— Regarde-moi bien, Grannie. Regarde mes yeux…

Un éclat rouge brille dans mes pupilles. L'esprit du Maître rat est toujours dans ma tête. Il n'en sortira que si je tiens ma promesse et que je l'aide.

Sinon, je deviendrai le second rat-garou. À deux, sous les ordres du Maître rat, nous capturerons un autre enfant. Il y aura un troisième rat-garou. Puis, un quatrième…

5

Saint-Rigodon ne répond plus

Grannie est affolée par mes révélations. Surtout quand elle comprend que les rats-garous ne peuvent plus jamais redevenir humains. Ainsi, le garçon qui a été transformé par le Maître rat vivra jusqu'à sa mort avec les rats.

Rat-garou un jour, rat-garou toujours…

Mais bientôt, mon arrière-grand-mère reprend le dessus.

Après tout, elle a survécu à une tornade qui a laissé bien des gens bouche bée dans les plaines du Texas. Elle a nagé avec des requins dans une piscine installée au sommet d'une haute tour de verre. Elle s'est balancée de liane en liane en Afrique, pour poursuivre un troupeau d'éléphants rendu fou par une souris.

Bref, elle en a vu d'autres ! Elle n'est plus la petite fille qu'une silhouette sombre avait terrorisée, par une nuit d'Halloween. Elle attrape donc le téléphone et appelle au *Rigodon Express*. Le lendemain, une annonce est publiée dans le journal.

AVIS À TOUS
Si le monstre de l'Halloween
vous préoccupe,
rendez-vous IMPORTANT,
à 20 h, au centre sportif

À l'heure dite, Grannie et moi courons au centre sportif aussi vite que si nous avions le monstre à nos trousses. Mais une mauvaise surprise nous attend : personne ne s'est déplacé.

— Les Rigodonois sont tous des peureux ! gronde mon arrière-grand-mère. Je n'ose imaginer ce qu'ils auraient fait en présence du tigre roux des montagnes de lune, des chauves-souris cramoisies des grottes de cristal ou du singe bleu des plateaux herbeux !

Je lui poserais bien quelques questions sur ce qu'elle a fait, elle, face à ces animaux étranges qu'elle semble avoir croisés dans des lieux non moins étranges. Mais il y a tellement de fumée qui lui sort par les oreilles que… que je préfère attendre.

J'ai l'impression d'être dans un épisode de « Laurie face à la bouilloire humaine ».

— Nous allons prendre les grands moyens pour convaincre ces lâches de sortir de chez eux ! poursuit Grannie.

Elle fulmine de plus belle. Si elle continue ainsi, la bouilloire va devenir une locomotive !

— Es-tu sûre que les Rigodonois lisent le *Rigodon Express* ? dis-je avant qu'elle n'explose. Tu sais, il paraît que les gens ne croient pas ce qui est écrit dans les journaux. En plus, ils ne font que regarder la télé…

À ces mots, mon arrière-grand-mère se redresse.

— Laurie, tu as de qui tenir ! Tu es aussi géniale que moi ! Viens !

Et voilà la bouilloire-locomotive qui se transforme en voiture de Formule 1. C'est en douzième vitesse que nous prenons la direction de la station de télévision. Chemin faisant, Grannie s'explique.

Elle est à présent certaine que les habitants de Saint-Rigodon ne sont pas venus au rendez-vous parce qu'ils ont pensé que l'annonce était un coup monté par le monstre de l'Halloween. Pour les convaincre, nous devons leur prouver nos bonnes intentions.

Quoi de mieux, pour cela, que de leur montrer nos jolis minois ? Enfin… à condition de leur cacher mes cheveux dressés et la lueur rouge-vampire de mes yeux ! Une casquette sur ma tête fera l'affaire.

— Quand les Rigodonois nous verront à la télé, ils comprendront que nous ne leur tendons pas un piège.

Il y a une chose que moi, par contre, je ne comprends pas.

— C'est si facile, de passer à la télé ?

— Bien sûr ! fait mon arrière-grand-mère en haussant les épaules. L'animateur du bulletin de nouvelles ne peut rien me refuser. J'étais sa gardienne quand il était petit. Je me suis même occupée de lui quand il est revenu de sa seule sortie d'Halloween. Ses cheveux étaient aussi raides sur sa tête que les dents d'un râteau.

6

Une réunion mouvementée

Ça a marché ! Une heure après que Grannie et moi sommes passées aux informations, le centre sportif est archiplein. Nous révélons alors aux Rigodonois la véritable identité du monstre de l'Halloween et le risque qu'ils courent de devenir des rats-garous.

Ces mots déclenchent un vacarme incroyable. Tous les adultes se mettent à parler en même temps. Pas question pour eux de lever le doigt pour prendre la parole. Je pense qu'ils ont quitté l'école depuis trop longtemps !

Parlant plus fort que les autres, le proprié-
taire d'un restaurant annonce qu'il va tuer
tous les rats. La biologiste du village s'y op-
pose immédiatement.

— Si des rats vivent à Saint-Rigodon, c'est
peut-être que Saint-Rigodon a besoin des

rats. D'accord, j'ignore à quoi ils servent...
mais je peux étudier la question, moyennant
une subvention. J'en discuterai dès demain
avec monsieur le maire.

Tout le monde approuve. Les Rigodonois
craignent sans doute que le restaurateur utilise la viande de rats pour fabriquer ses ham-
burgers. En effet, il a déjà reçu une amende
parce qu'il mettait de la poudre de
mouches sur son poulet pané !

Moi, je suis soulagée de la décision
des Rigodonois. Quand le restaura-
teur a proposé d'éliminer les rats, j'ai ressenti
une effroyable douleur sous mon crâne. L'esprit du Maître rat est toujours en moi. Il m'a
fait comprendre qu'il ne laissera pas les humains nuire à son peuple.

Je l'explique aux habitants de Saint-Rigo-don. Ils sont rapidement convaincus par mes propos et, surtout, par mon visage que la douleur a fait pâlir. La lueur rouge qui traverse mes pupilles n'en est que plus visible. Tel le reflet du terrible sort qui pourrait tous les attendre.

C'est alors qu'un nutritionniste se lève.

— Nous pourrions transformer l'Halloween en cueillette de légumes ! propose-t-il.

Là, tout le monde refuse. Surtout les enfants !

Un producteur de spectacles suggère ensuite d'ouvrir un cirque mettant en vedette des bébés rats qui ont mangé des friandises.

— Nous aurions un succès fou avec ces petits rats verts, jaunes ou bruns et rouges que nous nourririons de bonbons à la menthe, de sucettes au citron et de chocolats aux cerises ! s'excite-t-il.

— Bonne idée ! lancent deux ou trois voix dans l'assistance.

Ça dépend pour qui ! Le Maître rat, lui, n'apprécie pas. Pas du tout, même, si j'en juge par la formidable douleur qui, cette fois-ci, me jette au bas de ma chaise. Je me relève immédiatement, en criant :

— Arrêtez ! Les rats refusent. Qu'est-ce que vous diriez si on vous proposait de transformer vos enfants en animaux de cirque ?

Des murmures indécis s'élèvent ici et là. Mais, bientôt, le calme revient. Et c'est dans un silence religieux que le président de l'Association des éboueurs grimpe sur la scène.

— Le lendemain de l'Halloween, les habitants du village mettront les bonbons qu'ils ne veulent pas dans des sacs orange marqués d'un gros H noir, déclare-t-il avec autorité. Ils déposeront ces sacs sur le trottoir et mes hommes s'occuperont de les faire disparaître proprement.

À ces mots, des cris de joie s'élèvent de partout dans le centre sportif. Cela signifie, je crois, que la proposition de l'éboueur est acceptée. Et pas seulement par les humains. Je sais que les rats aussi sont d'accord.

Car, tandis que tout le monde rit et parle, Grannie me tend son poudrier. Je l'ouvre et m'examine dans le petit miroir. Mes cheveux sont redevenus normaux. Mes yeux aussi.

7

La fin ? Pas vraiment !

C'est ainsi que les enfants de Saint-Rigodon ont recommencé à célébrer l'Halloween. Plusieurs parents, qui n'ont pas profité de la fête dans leur jeune âge, s'y sont mis également. Bref, le monstre a disparu.

Un autre mystère est par contre apparu à Saint-Rigodon. Depuis quelque temps, des enfants qui vont se promener dans le bois n'en reviennent plus.

On ne sait pas pourquoi. Mais on pourrait le savoir un jour, si quelqu'un s'aperçoit que les éboueurs se débarrassent des bonbons

dans la forêt. Or une sorcière vit au cœur de ces bois. Une sorcière qui adore les enfants… dans son assiette.

Elle utilise donc les friandises pour se construire une irrésistible maisonnette, où elle emprisonne les gourmands qui goûtent à ses murs ou à ses volets.

Mais ça, c'est une autre histoire…